CARTAS DO INTERNATO

LUIZ CARLOS DE ANDRADE

CARTAS DO INTERNATO

ORGANIZADOR:
Ricardo Rangel de Andrade

EDITORA
Labrador

Copyright © 2022 de Ricardo Rangel de Andrade
Todos os direitos desta edição reservados à Editora Labrador.

Coordenação editorial
Pamela Oliveira

Assistência Editorial
Leticia Oliveira

Projeto gráfico, capa e diagramação
Amanda Chagas

Preparação de texto
Marília Courbassier Paris

Revisão
Iracy Borges

Imagens da capa
Domínio público
(autor desconhecido)

Imagens do miolo
Acervo pessoal de Ricardo
Rangel de Andrade

Dados Internacionais de Catalogação na Publicação (CIP)
Jéssica de Oliveira Molinari - CRB-8/9852

Andrade, Luiz Carlos de
 Cartas do internato (1955-1960) / Luiz Carlos de Andrade ; organizado por Ricardo Rangel de Andrade. — São Paulo : Labrador, 2022.
 96 p.

 ISBN 978-65-5625-236-0

 1. Cartas 2. Andrade, Luiz Carlos de - Correspondência 3. Andrade, Luiz Carlos de – Narrativas pessoais 4. Internatos I. Título II. Ricardo Rangel de Andrade

 22-1965   CDD 808.86

Índices para catálogo sistemático:
1. Cartas

Editora Labrador
Diretor editorial: Daniel Pinsky
Rua Dr. José Elias, 520 – Alto da Lapa
05083-030 – São Paulo – SP
+55 (11) 3641-7446
contato@editoralabrador.com.br
www.editoralabrador.com.br
facebook.com/editoralabrador
instagram.com/editoralabrador

A reprodução de qualquer parte desta obra é ilegal e configura uma apropriação indevida dos direitos intelectuais e patrimoniais do organizador. A editora não é responsável pelo conteúdo deste livro. O organizador conhece os fatos narrados, pelos quais é responsável, assim como se responsabiliza pelos juízos emitidos.

Nota do organizador

Dada a tenra idade do autor e a época em que as cartas foram escritas, na transcrição a grafia foi atualizada, foram feitas correções ortográficas pontuais e inseridas algumas palavras que estavam faltando – assinaladas entre colchetes –, a fim de tornar a leitura mais fluida, mas sempre preservando a integridade do texto. Prova disso é que seguem acompanhadas de fotocópia das cartas autênticas.

COLÉGIO DIOCESANO DE BOTUCATU

São Paulo
1955–1957

Botucatu, 3 de março de 1956

Querida mamãe.

Escrevo-lhe esta contando que estou muito contente aqui. A comida é muito boa.
No café vem metade de um pão de cinco cruzeiros.
O Olivier do Batista da tia Lulu também está aqui.
O disciplinário daqui é espeto.
O papai já chegou aí?
Amanhã já sairemos na rua.
A Maria do Carmo gostou da bolsa?
O Luiz Arthur está bom?
Eu tinho Cr$50,00 com mais Cr$20,00 são Cr$70,00.
Só de cadernos gastei Cr$150,00
Com um abraço despede-o
Luiz Carlos.

[BOTUCATU, 3 DE MARÇO DE 1955]

Querida mamãe,

Escrevo-lhe esta contando que estou muito contente aqui. A comida é muito boa. No café vem metade de um pão de cinco cruzeiros. O Olivier do Batista da tia Lulu também está aqui. O disciplinário daqui é espeto. O papai já chegou aí? Amanhã já sairemos na rua. A Maria do Carmo[1] gostou da bolsa? O Luiz Arthur[2] está bom? Eu tenho Cr$ 50,00 e com mais Cr$ 20,00 são Cr$ 70,00. Só de cadernos gastei Cr$ 150,00. Com um abraço despede o

Luiz Carlos

1 Irmã do autor. (Nota do Organizador)
2 Irmão do autor. (Nota do Organizador)

Botucatu, 20 de Março de 1955.

    Querida mamãe.

  Escrevo-lhe esta contando como é a coisa aqui: levanta ás 6,30, lava o rosto, escova os dentes e désse assistir uma missa na capela, depois da missa toma o café e entra no estudo para arrumar as coisas para as aulas, cada aula leva 50 minutos, um dia tem três outro dia tem quatro, depois das aulas tem o almoço, depois do almoço tem 1 hora de recreio, depois do recreio estudo ati as 2,15 horas e depois meia hora de recreio, entra no estudo 3 horas, estuda meia hora e depois banho na piscina mas hoje veio a ordem do médico que não pode ir mais porque é perigoso paralisia infantil.
  Depois da piscina estuda até as 5 horas e as 5,30 janta. Depois da janta tem uma hora de recreio e depois estudo até as 8,30 horas. Sai do estudo e vai no refeitório tomar leite e depois vai na capela rezar e depois vai para o dormitório.
  Domingo eu sai, mas era para mim não

sair, mas o Dr. Lira perdoou.
Eu não sai acompanhado de vigilantes não. É só os mínimos que saem.
Cinema tem domingo e quarta. Os ~~grandes~~ moços da divisão dos grandes têm saída domingo de dia e de noite e quarta só de noite. A tia Jacira veio aqui e trousse doce, meu relogio etc.
Como vão todos ai?, eu graças a ~~(D..)~~ Deus vou indo bem. Fale para o papai que eu não perguntei porque estava com pressa. ~~(Ela)~~. Espero que êle esteja melhor. Como vai o Luiz Arthur, não ficou mais doente, e o Luiz Antonio, a Maria do Carmo?
Eu fiquei sabendo que a D. Zezé da tia Lulu morreu domingo cedo. A mãe do Clovis telfonou e contou.
A carta chegou aqui ~~dia 20~~ hoje.
Fale para a vó Ida arrumar banana para fazer doce.
Com um abraço despede-se seu filho.
Luiz Carlos.

P.S. Isto não é carta é rabiscos.

[BOTUCATU, 20 DE MARÇO DE 1955]

Querida mamãe,

Escrevo-lhe esta contando como é a coisa aqui: levanta-se às 6h30, lava o rosto, escova os dentes e desce para assistir uma missa na capela, depois da missa toma o café e entra no estudo para arrumar as coisas para as aulas; cada aula leva 50 minutos, um dia tem três e outro dia tem quatro, depois das aulas tem o almoço; depois do almoço tem 1 hora de recreio, depois do recreio estudo até as 2h15 e depois meia hora de recreio, entra no estudo 3 horas, estuda meia hora e depois banho na piscina, mas hoje veio ordem do médico que não pode ir mais porque é perigoso paralisia infantil. Depois da piscina estuda até as 5 horas e às 5h30 janta. Depois da janta tem uma hora de recreio e depois estudo até as 8h30. Sai do estudo e vai no refeitório tomar leite e depois vai na capela rezar e depois vai para o dormitório.

Domingo eu saí, mas era para eu não sair, mas o Sr. Lira perdoou.

Eu não saí acompanhado de vigilantes não.

São só os meninos que saem.

Cinema tem domingo e quarta. Os moços da divisão dos grandes têm saída domingo de dia e de noite e quarta só de noite. A tia Jacira veio aqui e trouxe doce, meu relógio etc. Como vão todos aí? Eu graças a Deus vou indo bem. Fale para o papai que eu não perguntei dele porque estava com pressa. Espero que ele esteja melhor. Como vai o Luiz Arthur? Não ficou mais doente? E o Luiz Antônio, a Maria do Carmo? Eu fiquei sabendo que a D. Zezé da tia Lulu morreu domingo cedo. A mãe do Clóvis telefonou e contou. A carta chegou aqui hoje. Fale para a vó Ida arrumar banana para fazer doce. Com um abraço despede-se seu filho,

Luiz Carlos

P.S. Isto não é carta, são rabiscos.

Botucatú, 9 de Abril de 1955

Querida mamãe

Escrevo-lhe esta perguntando porque a Sr.ª não respondeu a que eu escrevi segunda feira, o dia que eu cheguei. Eu vou indo muito bem, e nos estudos também. Fale para a Vó Ida que os doces já estão acabando, só tenho a goiabada. O meu dinheiro eu não achei. Domingo eu vi todos de Jactura aqui em Botucatú, até a Maria Luiza Bagalia; também vi a tia Jaira e o tio Zuccari.
 Como vai todos ai, espero que estejam bem.
 Fale para o papai que eu estou jogando na ponta direita.
 Ainda tem patinação no clube.
 Termino-lhe esta porque está na hora de subir para a capela.
 Um abraço do Luiz Carlos.

[BOTUCATU, 9 DE ABRIL DE 1955]

Querida mamãe,

Escrevo-lhe esta perguntando porque a senhora não respondeu a que eu escrevi segunda-feira, o dia que eu cheguei. Eu vou indo muito bem e nos estudos também. Fale para a vó Ida que os doces já estão acabando, só tenho a goiabada. O meu dinheiro eu não achei. Domingo eu vi todos de Fartura aqui em Botucatu, até a Maria Tereza Bagaglia; também vi a tia Jacira e o tio Zuccari. Como vão todos aí? Espero que estejam bem. Fale para o papai que eu estou jogando na ponta--direita. Ainda tem patinação no clube. Termino esta porque está na hora de subir para a capela.

Um abraço do Luiz Carlos

Sartura, 8 de maio de 1.955.

Querida Mãezinha.

Sendo hoje, o dia dedicado a Senhora, não podia eu deixar de dirigir-lhe estas palavras: Agradeço-lhe tudo o que tem feito por mim e peço desculpar-me as travessuras e desobediências.
Fique certa de ser possuidora de todo meu amor.
Aceite um grande abraço do
Luiz Carlos.

[FARTURA, 8 DE MAIO DE 1955]

Querida mãezinha,

Sendo hoje o dia dedicado à senhora, não podia eu deixar de dirigir-lhe estas palavras.

Agradeço-lhe tudo o que tem feito por mim e peço desculpar-me as travessuras e desobediências.

Fique certa de ser possuidora de todo o meu amor.

Aceite um grande abraço do

Luiz Carlos

Botucatu, 8 de Março, de 1.956.

Querida mamãe.

Escrevo-lhe está contando que estou muito contente aqui.
A comida é mais gostosa do que a daí.
O Olivir da tia Lulu também está aqui.
Como é que estão todos aí?
Eu ainda não vi a tia Jacira.
Hoje não vai ter festa no aniversário do Luiz (Andrade) Antonio.
Porque a Sr, não respondeu a primeira carta?
Em Piraju o papai foi jogar e ganhou (2 contos) Cr.$ 2.000,00.
Espero que todos estejam bons.
Com um abraço despede-se o
Luiz Carlos.

[BOTUCATU, 8 DE MARÇO DE 1956]

Querida mamãe,

Escrevo-lhe esta contando que estou muito contente aqui. A comida é mais gostosa do que a daí. O Olivier da tia Lulu também está aqui. Como é que estão todos aí? Eu ainda não vi a tia Jacira. Hoje não vai ter festa no aniversário do Luiz Antônio. Por que a senhora não respondeu à primeira carta? Em Piraju o papai foi jogar e ganhou Cr$ 2.000,00. Espero que todos estejam bons.

Com um abraço despede-se o

Luiz Carlos

Botucatu, 15 de março de 1956.

Querida mamãe

Escrevo-lhe esta pedindo para ir na Semana Santa.
Se a senhora deixar, mande a ordem escrita num bloco junto com a carta e Cr. $200,00 para ir. A ordem tem de ser assinada pelo papai.
Como vão todos ai? Eu graças a Deus vou indo bem, mas domingo estou preso, não posso sair na rua.
Os livros eu já comprei aqui. Eles dão um papel com os nomes dos livros para o aluno assinar.
A Cinésia ainda continua mentindo e a Nazira anda fazendo comida ruim.
Mande-me Cr. $100,00 até a Semana Santa, por que eu preciso aqui para domingo que eu sair comprar uns livros de música.
Mande-me e um cadeado marca "Stol". No Ernesto Martini que tem.
Mande bolacha também.
Termino-lhe esta porque já está na hora do café.

Com um abraço despede-se o
Luiz Carlos.

P.S. Mande a ordem de eu ir na semana Santa sem falta.

[BOTUCATU, 15 DE MARÇO DE 1956]

Querida mamãe,

Escrevo-lhe esta pedindo para ir na Semana Santa. Se a senhora deixar, mande a ordem escrita num bloco junto com a carta e Cr$ 200,00 para eu ir. A ordem tem de ser assinada pelo papai.
Como vão todos aí? Eu graças a Deus vou indo bem, mas domingo estou preso, não posso sair na rua.
Os livros eu já comprei aqui. Eles dão um papel com os nomes dos livros para o aluno assinar.
A Anézia ainda continua mentindo e a Nazira anda fazendo comida ruim?
Mande-me uns Cr$ 100,00 até a Semana Santa, porque eu preciso aqui para o domingo que eu sair comprar uns livros de "música".
Mande-me doce e um cadeado marca "Stol". No Ernesto Martini que tem.
Mande bolacha também.
Termino esta porque já está na hora do café.
Com um abraço despede-se o

Luiz Carlos

P.S. Mande a ordem de eu ir na Semana Santa sem falta.

Botucatu, 16 de Março de 1.956.

Querida mamãe.

Escrevo-lhe esta para pôr o que eu esqueci de pôr na carta que mandei ontem.
Mande a ordem sem falta porque todos de (Jose) Fartura vão e eu não quero ficar aqui.
Os Cr$ 100,00 que eu pedi para comprar os livros de música e outras coisas não precisa.
Quero só a ordem e os Cr$ 200,00 Cruzeiros para ir, porque em Paula Souza eu não vou.
Não se esqueça de mandar a ordem separada da carta.
Com um abraço despede-se o

Luiz Carlos

P.S. Eu saio daqui as 5,30 da tarde quarta-feira dia 28 e volto na segunda à tarde.

[BOTUCATU, 16 DE MARÇO DE 1956]

Querida mamãe,

Escrevo-lhe esta para pôr o que eu esqueci de pôr na carta que mandei ontem.

Mande a ordem sem falta porque todos de Fartura vão e eu não quero ficar aqui.

Os Cr$ 100,00 que eu pedi para comprar os livros de música e outras coisas não precisa.

Quero só a ordem e os Cr$ 200,00 cruzeiros para eu ir, porque em Paula Souza eu não vou.

Não se esqueça de mandar a ordem separada da carta.

Com um abraço despede-se o

Luiz Carlos

P.S. Eu saio daqui às 5h30 da tarde quarta-feira dia 28 e volto na segunda à tarde.

Botucatu, 3 de Abril de 1956

Querida mamãe

Escrevo-lhe esta contando uma coisa triste.
O Cr.$100,oo que a Ir. me deu sumiu e eu não sei o que fazer. Procurei em toda parte e não o achei.
Mande mais Cr.$100,oo que eu vou economizar e vai dar até julho. Não é mentira não.
Eu entrei segunda feira as 2 horas. O caminhão da fazenda veio trazer o jeep e euarim em cima dêle. A comida está vindo um pouco melhor.
Mande a carta expressa porque eu estou precisando do dinheiro.
Agora qualquer coisa que eu

[BOTUCATU, 3 DE ABRIL DE 1956]

Querida mamãe,

Escrevo-lhe esta contando uma coisa triste. Os Cr$ 100,00 que a senhora me deu sumiram e eu não sei o que fazer. Procurei em toda parte e não o achei. Mande mais Cr$ 100,00 que eu vou economizar e vai dar até julho. Não é mentira não. Eu entrei segunda-feira às 2 horas. O caminhão da fazenda veio trazer o Jeep e eu vim em cima dele. A comida está vindo um pouco melhor. Mande a carta expressa porque eu estou precisando do dinheiro.

Agora qualquer coisa que eu [Documento incompleto]

Botucatu, 16 de Abril de 1956

Querida mamãe

Escrevo-lhe esta contando que estou muito contente e num estou com vontade de voltar. Como vão todos aí? espero que estejam todos bem. O Luiz Arthur não teve mais ataque e o papai sarou da sinusite? O Chiquito me intrigou os doces domingo de tarde. Fale para o papai que eu vou mandar a minha sabatina de Matemática para ele ver, mas depois mande de volta. O João Bento veio visitar-me domingo cedo.
Hoje a tia Jacira veio aqui. Ela falou que sábado ela vem buscar-me para ir na fazenda porque sábado e domingo são feriados. O desfile foi muito bonito O Aparecido do Tio Hugo, Também veio representar a Faculdade de Bauru. Ele disse para mim que já é professor. Os alunos dele também vieram Quando que a Sra. vai para S. Paulo?
Na sabatina o 2º problema eu não fiz porque não deu tempo, mas a minha nota foi a mais alta da classe. Termino-lhe esta com um abraço
Luiz Carlos.

[BOTUCATU, 16 DE ABRIL DE 1956]

Querida mamãe,

Escrevo-lhe esta contando que estou muito contente e nem estou com vontade de voltar. Como vão todos aí? Espero que estejam todos bem. O Luiz Arthur não teve mais ataque e o papai sarou da sinusite? O Chiquito entregou os doces domingo de tarde. Fale para o papai que eu vou mandar a minha sabatina de Matemática para ele ver, mas depois mande de volta. O João Bento veio visitar-me domingo cedo. Hoje a tia Jacira veio aqui. Ela falou que sábado ela vem buscar-me para ir na Fazenda porque sábado e domingo são feriados. O desfile foi muito bonito. O Aparecido do tio Hugo também veio representar a Faculdade de Bauru. Ele disse para mim que já é professor. Os alunos dele também vieram. Quando que a senhora vai para S. Paulo? Na sabatina o 2º problema eu não fiz porque não deu tempo, mas a minha nota foi a mais alta da classe. Termino esta com um abraço,

Luiz Carlos

Botucatu, 23 de Abril de 1956

Querida mamãe.

Escrevo. Vhe esta contando que vou indo bem. Como vai todos ai? o Luiz Arthur não ficou mais doente, o Luiz Antonio está bom, a Maria do Carmo engordou? A senhora vai bem com a ferida na perna e o papai como vai dos sinusite, a vó da vai bem? Mande mais bolacha.
Sesta feira de tarde a tia Jacira veio buscar-me. Ela veio para ir ao cinema com o tio Zucari. Ás 7 horas ela foi na casa do Pedro irmão do tio Zucari e ély falou que o tio ia receber um telefonema de S. Paulo ás 8 horas. O tio Zucari ficou meio louco, falou que era o Dr. Cândido e nós fomos embora. Chegou lá passou cinco minutos o telefone tocou. Era o Dr. Pessoa que falou que o Dr. Cândido vinha para almoçar. A tia Jacira ficou louca de brava com o tio Zucari.
Eu conheci o Dr. Cândido, êle é parecido com o Pielico. Eu voltei domingo á tarde com um engenheiro de Botucatu. Os doces ja estão no fim. Escrevi uma carta segunda feira retrasada

Estou escrevendo esta carta com vela porque acabou a força.
Com um abraço despede-se o Luiz Carlos

P.S. Não vá por errado em doces porque não tem mais acento. Também mandei minha sabatina de matemática. Até agora fui vou indo bem nas sabatinas porque só tive uma reprova que é canto As minhas médias eram

Mat. 6
Port. 5
Desenho. 5
Latim. 6
Canto. 2

Essas notas são as que eu sei. Eu achei que estavam muito ruins e perguntei ao professor de Matemática. Ele falou que estavam boas mas não ótimas, mas eu acho que está ruim. Ainda não recebi uma carta

[BOTUCATU, 23 DE ABRIL DE 1956]

Querida mamãe,

Escrevo-lhe esta contando que vou indo bem. Como vão todos aí? O Luiz Arthur não ficou mais doente, o Luiz Antônio está bom, a Maria do Carmo engordou? A senhora vai bem com a ferida na perna e o papai como vai da sinusite? A vó Ida vai bem? Mande mais bolacha.

Sexta-feira à tarde a tia Jacira veio buscar-me. Ela veio para ir ao cinema com o tio Zuccari. Às 7 horas ela foi na casa do Pedro, irmão do tio Zuccari, e ele falou que o tio ia receber um telefonema de S. Paulo às 8 horas. O tio Zuccari ficou meio louco, falou que era o Dr. Cândido e nós fomos embora. Chegou lá, passou cinco minutos o telefone tocou. Era o Dr. Pessoa, que falou que o Dr. Cândido vinha para almoçar. A tia Jacira ficou louca de brava com o tio Zuccari.

Eu conheci o Dr. Cândido, ele é parecido com o Peléco. Eu voltei domingo à tarde com um engenheiro de Botucatu. Os doces já estão no fim. Escrevi uma carta segunda-feira retrasada.

Estou escrevendo esta carta com vela porque acabou a força.

Com um abraço despede-se o Luiz Carlos

P.S. Não vá pôr errado em doces porque não tem mais acento. Também mandei minha sabatina de Matemática. Até agora vou indo bem nas sabatinas porque só tive uma reprova que é Canto. As minhas médias eram:

Mat. 6
Port. 5
Desenho. 5
Latim. 6
Canto. 2

Essas notas são as que eu sei. Eu achei que estavam muito ruins e perguntei ao professor de Matemática. Ele falou que estavam boas mas não ótimas, mas eu acho que estão ruins. Ainda não recebi uma carta.

Botucatu, 30 de Abril de 1956

Querida Mamãe

Escrevo-lhe esta contando que vou indo muito bem nas sabatinas. Só é Canto que eu fui mal. Fale para o papai que a resposta do último o professor também tinha visto e mandou eu corrigir.
Como vai todos aí? Recebi a carta da senhora dia 24. Eu só tive uma reprova que é em Canto. Quem tem uma reprova fica preso em um domingo. Também precisa somar as notas das Sabatinas e dividir por as 9 matérias e alcançar a média cinco. Eu escrevi uma carta terça feira e contei aquelas notas que eu sabia. Elas são da sabatina escrita. Em português acho que eu vou ficar 8. Em história eu fiquei com 9 etc.
As bananas já devem estar boas para fazer o doce. Mande bolachas daquela que eu trouxa. Fale para a vó Ida mandar laranjas e mexericas em um caixão fechado. Na cesteira do cadeado não pode deixar doces e por isso tem a doçaria. Ela abre depois do almoço e da janta. O nome do Zé Tijolo é José Leonel.
Vou terminar esta carta agora porque está na hora do café.
Com um abraço despede-se o Luiz Carlos.

[BOTUCATU, 30 DE ABRIL DE 1956]

Querida mamãe,

Escrevo-lhe esta contando que vou indo muito bem nas sabatinas. Só em Canto que eu fui mal. Fale para o papai que a resposta do último o professor também tinha visto e mandou eu corrigir. Como vão todos aí? Recebi a carta da senhora dia 27. Eu só tive uma reprova que é em Canto. Quem tem uma reprova fica preso em um domingo. Também precisa somar as notas das sabatinas e dividir pelas 9 matérias e alcançar a média cinco. Eu escrevi uma carta terça-feira e contei aquelas notas que eu sabia. Elas são da sabatina escrita. Em Português acho que eu vou ficar com 8. História eu fiquei com 9 etc.

As bananas já devem estar boas para fazer doce. Mande bolachas daquelas que eu trouxe.

Fale para a vó Ida mandar laranjas e mexericas em um caixão fechado. Na carteira do cadeado não pode deixar doces e por isso tem a doçaria. Ela abre depois do almoço e da janta. O nome do Zé Tijolo é José Leonel.

Vou terminar esta carta agora porque está na hora do café.

Com um abraço despede-se o Luiz Carlos

Botucatu, 13 de Maio de 1956.

Querida mamãe.

Escrevo-lhe esta falando do dia das Mães. Junto desta carta vai um cartão do ginásio que o vice diretor mandou fazer. Espero que a senhora goste muito.

Fale para a vó Ida que no dia das vós eu mandarei um para ela e no dia dos pais um para o papai.

Espero que foram bem na viagem. Os Luiz estão bons? Eu estou com vontade de (:) chupar laranjas e mexericas.

Aqueles doces estavam bons mas é muito caro. Mande bananada que é barato.

Que horas chegaram aí? O Luiz Arthur não amolou muito?

Quinta feira é feriado e tem saída. Mande as laranjas e o doce logo.

Um abraço do seu filho que a ama muito

Luiz Carlos

[BOTUCARU, 13 DE MAIO DE 1956]

Querida mamãe,

Escrevo-lhe esta falando do dia das mães. Junto desta carta vai um cartão do ginásio que o vice-diretor mandou fazer. Espero que a senhora goste muito.

Fale para a vó Ida que no dia das avós eu mandarei um para ela e no dia dos pais um para o papai.

Espero que tenham ido bem na viagem. Os Luízes estão bons? Estou com vontade de chupar laranjas e mexericas.

Aqueles doces estavam bons, mas são muito caros. Mande bananada que é barato.

Que horas chegaram aí? O Luiz Arthur não amolou muito?

Quinta-feira é feriado e tem saída.

Mande as laranjas e o doce logo.

Um abraço do seu filho que a ama muito,

Luiz Carlos

Botucatu, 22 de Maio de 1.956.

Querida mamãe.

Escrevo-lhe esta que este mês vou t'indo bem melhor nas sabatinas. Tirei 6 em Mat. 6 em Francês, 6,5 em Geog. Em canto eu fui mal outra vez. Mas agora (eu) eu estou estudando bastante para a prova parcial. Se eu tirar 10 eu não preciso de nota para o exame de novembro. Amanhã eu vou fazer sabatina de latim. É muito fácil. Esse mês eu vou pegar média se Deus quiser. Recebi o dinheiro hoje. Quinta feira recebi a carta da Sr. Tenho rezado muito pelo Luiz Artur. A tia Jacira esteve aqui quinta feira e ontem. Ae Quinta Feira ela trouxe o saco de laranjas e ontem de doce que a vó Ida man[dou]

Eu estou engordando muito. Estou pesando 45 Kls.
Nós vamos embora lá pelo dia 25 de julho no fim da prova parcial.
Vou terminar esta carta porque não tenho mais o que falar.
Um abraço do Luiz Carlos.

[BOTUCATU, 22 DE MAIO DE 1956]

Querida mamãe,

Escrevo-lhe esta que este mês vou indo bem melhor nas sabatinas. Tirei 6 em Mat., 6 em Francês, 6,5 em Geog. Em Canto eu fui mal outra vez. Mas agora eu estou estudando bastante para a prova parcial. Se eu tirar 10 eu não preciso de nota para o exame de novembro. Amanhã eu vou fazer sabatina de Latim. É muito fácil. Este mês eu vou pegar média 7 se Deus quiser. Recebi o dinheiro hoje. Quinta-feira recebi a carta da senhora. Tenho rezado muito pelo Luiz Arthur. A tia Jacira esteve aqui quinta-feira e ontem. Quinta-feira ela trouxe um saco de laranjas e ontem [o saco] de doce que a vó Ida mandou [Documento corroído].
Eu estou engordando muito. Estou pensando 45 kg.
Nós vamos embora lá pelo dia 25 de julho no fim da prova parcial.
Vou terminar esta carta porque não tenho mais o que falar.

Um abraço do Luiz Carlos

Botucatu, 19 de junho de 1956

Querida mamãe
Ainda não recebi sua carta com a ordem e o dinheiro.
Nós vamos dia 27 ou 28 se Deus quiser.
Estou indo muito bem nas provas. Já fiz de Português e Latim. Nós vamos de trem. Mande 250,00 e a ordem é para o Padre Claudino que êle já está aqui. Mande logo.
Como vai o papai, a vovó Ida já veio e a vovó Carmela está boa? As provas estão mais fácil que as Halatinas. Ainda tem patinação no Clube? O Luiz Artur está bom e o Luiz Antonio não chora mais? A Maria do Carmo cortou o cabelo?

Se Deus quiser não vou ter nem uma reprova na prova parcial. Está faltando só 6 dias para mim ir embora.
Responda logo esta carta
Com um abraço despede-se o
          Luiz Carlos

[BOTUCATU, 19 DE JUNHO DE 1956]

Querida mamãe,

Ainda não recebi sua carta com a ordem e o dinheiro.
Nós vamos dia 27 ou 28 se Deus quiser.
Estou indo muito bem nas provas. Já fiz de Português e Latim. Nós vamos de trem. Mande 250,00 e a ordem para o padre Claudino que ele já está aqui. Mande logo.
Como vai o papai? A vovó Ida já veio. E a vovó Carmela, está boa? As provas estão mais fáceis que as sabatinas. Ainda tem patinação no clube? O Luiz Arthur está bom e o Luiz Antônio não chora mais? A Maria do Carmo cortou o cabelo?
Se Deus quiser não vou ter nenhuma reprova na prova parcial.
Estão faltando só 6 dias para eu ir embora.
Responda logo esta carta.
Com um abraço despede-se o

Luiz Carlos

Botucatu, 7 de Agosto de 1956
Botucatu, 9 de Agosto de 1956

   Queridos pais

Escrevo-lhe esta pedindo dinheiro para mim ir ver o S. Paulo jogar contra a ferroviaria dia 7 de setembro. Mande o dinheiro pelo Bauer se der tempo. Mande tambem uns doces em lata, toddi, leite condensado, goiabada etc.
Eu como bastante no almoço e na janta e ainda fico com fome. Minha media êste mês vai dar 6,2, uma reprova em Mat.
Acho que estão todos bem ai.
A avó Ida já foi para S. Paulo e a avó Carmela?
Como não tenho nada mais para falar termino-lhe esta enviando um abraço
    Luiz Carlos

[BOTUCATU, 4 DE AGOSTO DE 1956]

Queridos pais,

Escrevo-lhes esta pedindo dinheiro para ir ver o S. Paulo jogar contra a Ferroviária dia 7 de setembro. Mande o dinheiro pelo Bauer se der tempo. Mande também uns doces em lata, Toddy, leite condensado, goiabada etc.

Eu como bastante no almoço e na janta e ainda fico com fome. Minha média este mês vai dar 6,2, uma reprova em Mat.

Acho que estão todos bem aí.

A avó Ida já foi para S. Paulo? E a avó Carmela?

Como não tenho nada mais para falar termino-lhe esta enviando um abraço,

Luiz Carlos

Botucatu, 11 de Agôsto de 1956

Queridos pais

Escrevo-lhes esta contando que estou muito bem.

Recebi ontem o pacote com os sabonetes e pasta. Eu comprei aqui uma escova, 2 sabon. e 1 pasta, mas agora é melhor porque dura o ano inteiro.

Aqui perto de Botucatu, nós viemos pela estrada de S. Manuel e entramos num desvio que dava em Botucatu. Perto daqui não tinha jeito de passar porque tinha muito barro e tivemos que ir por S. Manuel.

Chegamos aqui as 2,30 da tarde Como vais todos ai. A vovó Ida sarou e o Luiz Artur não ficou mais doente. Os estudos estão a mesma coisa. Mande uma lata de vasilina que eu esqueci e a escova

de ropa.

Responda logo esta carta.
Com um abraço despede-se o
Luiz Carlos.

[BOTUCATU, 11 DE AGOSTO DE 1956]

Queridos pais,

Escrevo-lhes esta contando que estou muito bem. Recebi ontem o pacote com os sabonetes e pasta. Eu comprei aqui uma escova, 2 sabon. e 1 pasta, mas agora é melhor porque dura o ano inteiro.
Aqui perto de Botucatu, nós viemos pela estrada de S. Manuel e entramos num desvio que dava em Botucatu.
Perto daqui não tinha jeito de passar porque tinha muito barro e tivemos que ir por S. Manuel.
Chegamos aqui as 2h30 da tarde.
Como vão todos aí? A vovó Ida sarou e o Luiz Arthur não ficou mais doente? Os estudos estão a mesma coisa. Mande uma lata de vaselina que eu esqueci e a escova de roupa.
Responda logo esta carta.
Com um abraço despede-se o

Luiz Carlos

Botucatu, 11 de Agôsto de 1956

Querido papai

Escrevo-lhe está felicitando o dia dos pais.
Não mando (~~mais~~) presente porque não tenho jeito.
Espero que o senhor tenha bastante saúde êste ano. Eu estou aqui muito contente. Este mês se Deus quizer pegarei o 1º ou o 2º lugar.
Com um abraço despede-se o seu filho que o estima muito
Luiz Carlos.

[BOTUCATU, 11 DE AGOSTO DE 1956]

Querido papai,

Escrevo-lhe esta felicitando-o pelo dia dos pais. Não mando presente porque não tenho jeito. Espero que o senhor tenha bastante saúde este ano. Eu estou aqui muito contente. Este mês se Deus quiser pegarei o 1º ou 2º lugar.

Com um abraço despede-se o seu filho que o estima muito,

Luiz Carlos

Botucatu, 21 de Agôsto de 1.956

Queridos pais

Escrevo-lhe esta contando que vou indo muito bem nas sabatinas. Acho que só tive re prova em Matemática. Em canto eu fui muito bem. A ferida da boca está menor um pouco. A tia Jacira veio aqui ontem e ja comprei o Blusão. Custou Cr.$ 1.000,00. Mande uma lata de óleo de oliva mas não de amendoim é para por na comida porque tem um cheiro ruim. La no Mario Andrade tem espelhos e eu quero que a Sra. mande 2 porque eu emprestei um de um amigo um e quebrei. E êle ficou querendo outro. E de Cr.$ 15,00.

Mamãe, a tia Jacira ainda não veio até agora. Eu tenho até vergonha de descer com aquela blusinha. Mande mais um dinheirinho porque aquele esta no fim. Os Cr.$20,00 do banco escolar é muito pouco e eu gasto uns Cr.$10,00 a mais. O preço do cinema também subiu, agora é Cr.$8,00.
Não tenho mais nada para escrever então termino-lhe esta mandando um abraço
Luiz Carlos.

[BOTUCATU, 21 DE AGOSTO DE 1956]

Queridos pais,

Escrevo-lhes esta contando que vou indo muito bem nas sabatinas. Acho que só tive reprova em Matemática. Em Canto eu fui muito bem. A ferida da boca está menor um pouco. A tia Jacira veio aqui ontem e já comprei o blusão. Custou Cr$ 1.000,00. Mande uma lata de óleo de oliva, mas não de amendoim. É para pôr na comida porque tem um cheiro ruim. Lá no Mário Andrade tem espelhos e eu quero que a senhora mande 2 porque eu emprestei um de um amigo e o quebrei. E ele ficou querendo outro. São Cr$ 15,00. Mamãe, a tia Jacira ainda não veio até agora. Eu tenho até vergonha de descer com aquela blusinha. Mande mais um dinheirinho porque aquele está no fim. Os Cr$ 20,00 do banco escolar são muito pouco e eu gasto uns Cr$ 10,00 a mais. O preço do cinema também subiu, agora é Cr$ 8,00.

Não tenho mais nada para escrever, então termino--lhe esta mandando um abraço,

Luiz Carlos

Botucatu, 25 de Agôsto de 1956

Queridos pais

Recebi a sua carta hoje.
Graças a Deus vão todos bem.
Não precisa de escrever para o
padre Claudino porque o
Sr. Nahime veio ver quem
precisava de aulas particulares
e falou que eu não precisava.
O tio Zucari não men deu
dinheiro nenhum. Por isso mande o Sr. mesmo porque êsse
negócio de tio não dá certo.
Mande na carta mesmo.
Fale para a vó Ida trazer um
presente para mim. Uma bola
de futebol nº 4. Foi sorte eu
não receber a vasilina porque
eu emprestei um pouco do Longo

e ∫ junta muita caspa, por
isso mande um vidro de óleo.
Mande também um óleo de cosinha
vagabundo que não seja de amendoim para por na comida que
tem um gôsto ruim.
Agora têm piscina todos os
dias e a água é bem tratada.
É um azul claro com cloro.
Não precisa mandar o dinheiro porque agora mesmo quando
eu estava terminando cloro vieram
me chamar. A tia Jacira veio para
ver a Tereza mulher do Pedro
irmão do tio Zuccaro que teve (uma
esa) um nene. Ela me deu 50,00
Responda-me no dia em
que chegar ai.
Com um abraço despede-se
o seu querido
Luiz Carlos,

[BOTUCATU, 25 DE AGOSTO DE 1956]

Queridos pais,

Recebi a sua carta hoje. Graças a Deus vão todos bem. Não precisa escrever para o padre Claudino porque o Sr. Nahime veio ver quem precisava de aulas particulares e falou que eu não precisava. O tio Zuccari não me deu dinheiro nenhum. Por isso mande a senhora mesmo porque esse negócio de tio não dá certo. Mande na carta mesmo. Fale para a vó Ida trazer um presente para mim. Uma bola de futebol nº 4. Foi sorte eu não receber a vaselina porque eu emprestei um pouco do Longo e junta muita caspa, por isso mande um vidro de óleo. Mande também um óleo de cozinha vagabundo que não seja de amendoim para pôr na comida que tem um gosto ruim. Agora tem piscina todos os dias e a água é bem tratada. É um azul-claro com cloro. Não precisa mandar o dinheiro porque agora mesmo quando eu estava terminando [de escrever] cloro, vieram me chamar. A tia Jacira veio para ver a Tereza, mulher do Pedro, irmão do tio Zuccari, que teve um nenê. Ela me deu 50,00.

Responda-me no dia em que chegar aí.

Com um abraço despede-se o seu querido

Luiz Carlos

Botucatu, 27 de Agôsto de 1956

Queridos pais

Escrevo-lhe esta contando que indo vou bem nas outras Sabatinas. Minhas notas são:
Port. 7
Latim 8
Desenho. 7
História. 10
Trabalhos. 10
Canto. 8
As notas baixas são.
Francês. 4
Geografia. 4
Matemática. 2
Na prova parcial em funho a minha nota de português foi a primeira da classe,
Peço também uma coisa que eu

vou precisar para as aulas de trabalhos. É um canivete. No Julio tem. Mande o papai afiar êle com bastante corte. Mande êle bem depressa porque a proxima aula já será com madeira. Não mande a tia Facira comprar não.
Mande junto com os espelhos e o óleo de lavanda, 2 vidros.
Agora que vou perguntar como estão vocês ai. O Luiz Artur não está muito doente. O Luiz Antonio está sempre forte e a Maria do Carmo está mais gorda e a avó Ida ainda ~~está ai~~. não foi para S. Paulo e a avó Carmela ainda está ai.
O papai está bom.
Não morreu mais ninguem ai.
Acho que eu já falei demais por isso Termino-lhe esta com um abraço
Luiz Carlos.

[BOTUCATU, 27 DE AGOSTO DE 1956]

Queridos pais,

Escrevo-lhes esta contando que vou indo bem nas outras sabatinas. Minhas notas são:

Port. 7
Latim 8
Desenho 7
História 10
Trabalhos 10
Canto 8
As notas baixas são:
Francês 4
Geografia 4
Matemática 2

Na prova parcial em junho a minha nota de Português foi a primeira da classe.
Peço também uma coisa que eu vou precisar para as aulas de Trabalhos. É um canivete. No Júlio tem. Mande o papai afiá-lo com bastante corte. Mande ele bem depressa porque a próxima aula já será com madeira. Não mande a tia Jacira comprar não. Mande junto com os espelhos e o óleo de lavanda, 2 vidros.

Agora que vou perguntar como estão vocês aí. O Luiz Arthur não está muito doente? O Luiz Antônio está sempre forte? E a Maria do Carmo está mais gorda? E a avó Ida ainda não foi para S. Paulo? E a avó Carmela ainda está aí?

O papai está bom?

Não morreu mais ninguém aí?

Acho que eu já falei demais por isso termino-lhes esta com um abraço,

Luiz Carlos

Botucatu, 8 de Setembro de 1956

Queridos pais

Recebi as coisas hoje. Estou muito contente.
Como vai vocês ai. Eu estou bom. Ontem eu fui na Ferroviária ver o S. Paulo. O Boneli é quase igual o Gilmar para jogar. Também jogou no 1.º tempo um tal de Costa que eu não conhecia. O S. Paulo tem quase só preto, Canhoteiro, Maurinho, Maneca, Clelio, Zezinho etc.
Ninguem pode com o Mauro na defesa. Veio também o Dino. Ele é muito nervoso. Marcou 2 gols. Foi 3 a 0. Eles não deu de mais porque não queriam.

O tal de Roque também marcou um. Esse Roque chutava bola no gol Jázinho ficava brabo.
Boneli é um gordo. Ele atravessa o campo com a mão. O Maurinho saiu no 1º tempo. Estava manco
Jogou bastante jogadores que eu não conhecia, Esnel, Sarará, Roque etc...
O João Lucarelli veio aqui também assistir o jogo. Eu paguei 5 cruzeiros mais barato que ai e muito melhor
O Poi nem o Gino, De Sordi, Pé de Valsa. O Dino é quase careca. A Ferroviária tomou um baile que nunca tomou na vida.
Dia 15 de Novembro vem o Corinthians.
Acho que já falei de mais e estou muito contente com o que recebi hoje. Com um abraço des

[BOTUCATU, 8 DE SETEMBRO DE 1956]

Queridos pais,

Recebi as coisas hoje. Estou muito contente. Como vão vocês aí? Eu estou bem. Ontem eu fui na Ferroviária ver o S. Paulo. O Boneli é quase igual o Gilmar para jogar. Também jogou no 1º tempo um tal de Costa que eu não conhecia. O S. Paulo tem quase só preto, Canhoteiro, Maurinho, Maneca, Clélio, Zezinho etc. Ninguém pode com o Mauro na defesa. Veio também o Dino. Ele é muito nervoso. Marcou 2 gols. Foi 3 a 0. Ele não deu de mais porque não queriam. O tal de Roque também marcou um. Esse Roque chutava bola no gol e Zizinho ficava bravo. Boneli é um gordo. Ele atravessa o campo com a mão. O Maurinho saiu no 1º tempo. Estava manco. Jogaram bastantes jogadores que eu não conhecia, Esnel, Sarará, Roque etc. O João Lucarelli veio aqui também assistir ao jogo. Eu paguei 5 cruzeiros. Mais barato que aí e muito melhor. O Poi nem o Gino, De Sordi, Pé de Valsa. O Dino é quase careca. A Ferroviária tomou um baile que nunca tomou na vida. Dia 15 de novembro vem o Corinthians. Acho que já falei demais e estou muito contente com o que recebi hoje. Com um abraço des

Botucatu, 19 de Setembro de 1956

Queridos pais.

Escrevo-lhe esta contando que vou indo bem nas sabatinas. Eu agora vou ter umas aulas particulares de Matemática. Quero ver se tiro notas boas êsse mês. Já tirei em Mat. 6 e Canto 7 e amanhã vou ter duas, uma de Francês e de Geografia.

Como estão todos aí. Espero que estejam bem. O papai já voltou de S. Paulo. A avó Carmela esta boa. Mande os doces e também uma chuteira nº 37 porque a minha rasgou e não serve mais. Aquela era 35. Lá na sapataria do Idorico que tem.

Não morreu mais ninguém aí.

Eu recebi aqui um dicionário de Português que êles entregaram.
Eu achei que devia ficar porque eu deixava um aí e trazia o outro.
O professor de Português falou que é um dos melhores e é bem barato. É 65 cruzeiros. É de Silveira Bueno.
O professor de História, Mario Góes conhece o tio Favert e o tio Nico. Êle perguntou se eu era parente dêles.
Termino-lhe esta porque preciso estudar para as Sabatinas de amanhã.
Com um abraço despede-se o
Luiz Carlos.

[BOTUCATU, 19 DE SETEMBRO DE 1956]

Queridos pais,

Escrevo-lhes esta contando que vou indo bem nas sabatinas. E agora vou ter umas aulas particulares de Matemática. Quero ver se tiro notas boas este mês. Já tirei em Mat. 6 e Canto 7 e amanhã vou ter duas, uma de Francês e outra de Geografia. Como estão todos aí? Espero que estejam bem. O papai já voltou de S. Paulo? A avó Carmela está boa? Mande os doces e também uma chuteira nº 37 porque a minha rasgou e não serve mais. Aquela era 35. Lá na sapataria do Odorico que tem. Não morreu mais ninguém aí? Eu recebi aqui um dicionário de Português que eles entregaram. Eu achei que devia ficar porque eu deixava um aí e trazia o outro. O professor de Português falou que é um dos melhores e é bem barato. É 65 cruzeiros. É de Silveira Bueno. O professor de História, Mario Góes, conhece o tio Javert e o tio Nico. Ele perguntou se eu era parente deles.

Termino-lhe esta porque preciso estudar para as sabatinas de amanhã.

Com um abraço despede-se o

Luiz Carlos

Botucatu, 6 de Outubro de 1.956

Queridos pais.

Faz tempo que eu não recebo cartas de casa. A vovó Ida êsteve aqui ~~hoje~~ ontem. Comprou tudo que precisava. Como vão todos aí.

O mês de Outubro está passando avoando aqui. Pergunte ao papai se êle escutou o S. Paulo jogar domingo com o Palmeiras. O Danilo não jorou outra vez. É contra o Corinthians também que êle perdeu de 4 a 3. Aquêle dia todos os do Corinthians insuntaram os São-paulinos. O Boletim já foi. Se êle já chegou conte as minhas notas para eu ~~ver~~ vê-las.

Como não tenho mais nada

para escrever, termino - lhe esta
enviando o um abraço.

Luiz Carlos.

P.S. E o Dute não vem mais

[BOTUCATU, 6 DE OUTUBRO DE 1956]

Queridos pais,

Faz tempo que eu não recebo cartas de casa. A vovó Ida esteve aqui ontem. Comprou tudo que precisava. Como vão todos aí? O mês de outubro está passando voando aqui. Pergunte ao papai se ele escutou o S. Paulo jogar domingo com o Palmeiras. O Danilo não jogou outra vez. E contra o Corinthians também que ele perdeu de 4 a 3. Aquele dia todos os do Corinthians insultaram os são--paulinos. O boletim já foi. Se ele já chegou, conte as minhas notas para eu vê-las.

Como não tenho mais nada para escrever, termino--lhes esta enviando um forte abraço,

Luiz Carlos

P.S. E o Dute não vem mais.

1.ª

Botucatu, 16 de novembro de 1956

Queridos pais

Recebi sua carta dia 14. Comecei meus exames hoje, foi de Português. Eu fui bem, só errei umas coisas na análise.
Amanhã vou fazer de Matemática. Hoje eu estava bom para resolver problemas. Segunda-feira I vou ter de latim e terça de Desenho, quarta de francês, quinta de História, sexta de Geografia, sábado de Canto e segunda de trabalhos. Espero que todos sejam fácil. Dia 9 terminarão os exames horais e nós poderemos ir embora. Fale ao papai que não dá para mim pegar 5º lugar porque as notas mensais atrapalham. Eu calculei quanto eu tive e minha

2ª

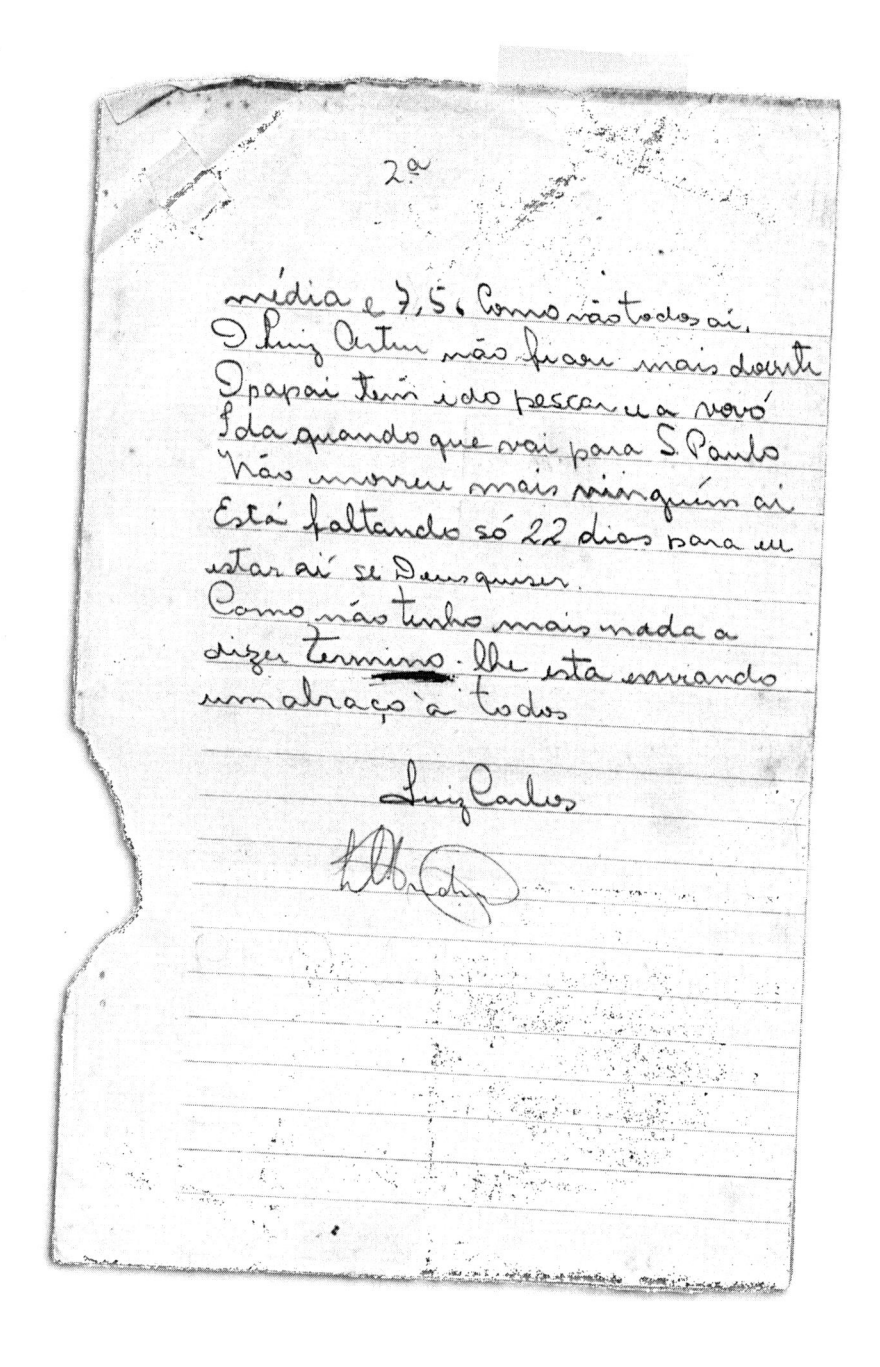

média e 7,5. Como vão todos aí.
O Luiz Artur não ficou mais doente
O papai tem ido pescar e a vovó
Ida quando que vai para S. Paulo
Não morreu mais ninguém aí
Está faltando só 22 dias para eu
estar aí se Deus quiser.
Como não tenho mais nada a
dizer termino. lhe esta enviando
um abraço à todos

Luiz Carlos

[BOTUCATU, 16 DE NOVEMBRO DE 1956]

Queridos pais,

Recebi sua carta dia 14. Comecei meus exames hoje, foi de Português. Eu fui bem, só errei umas coisas na análise. Amanhã vou fazer de Matemática. Hoje eu estava bom para resolver problemas. Segunda-feira vou ter de Latim e terça de Desenho, quarta de Francês, quinta de História, sexta de Geografia, sábado de Canto e segunda de Trabalhos. Espero que todos sejam fáceis. Dia 9 terminarão os exames orais e nós poderemos ir embora. Fale ao papai que não dá para eu pegar 5º lugar porque as notas mensais atrapalham. Eu calculei quanto eu tiro e minha média é 7,5. Como vão todos aí?
O Luiz Arthur não ficou mais doente?
O papai tem ido pescar? E a vovó Ida quando que vai para S. Paulo?
Não morreu mais ninguém aí?
Estão faltando só 22 dias para eu estar aí se Deus quiser.
Como não tenho mais nada a dizer termino-lhes esta enviando um abraço a todos,

Luiz Carlos

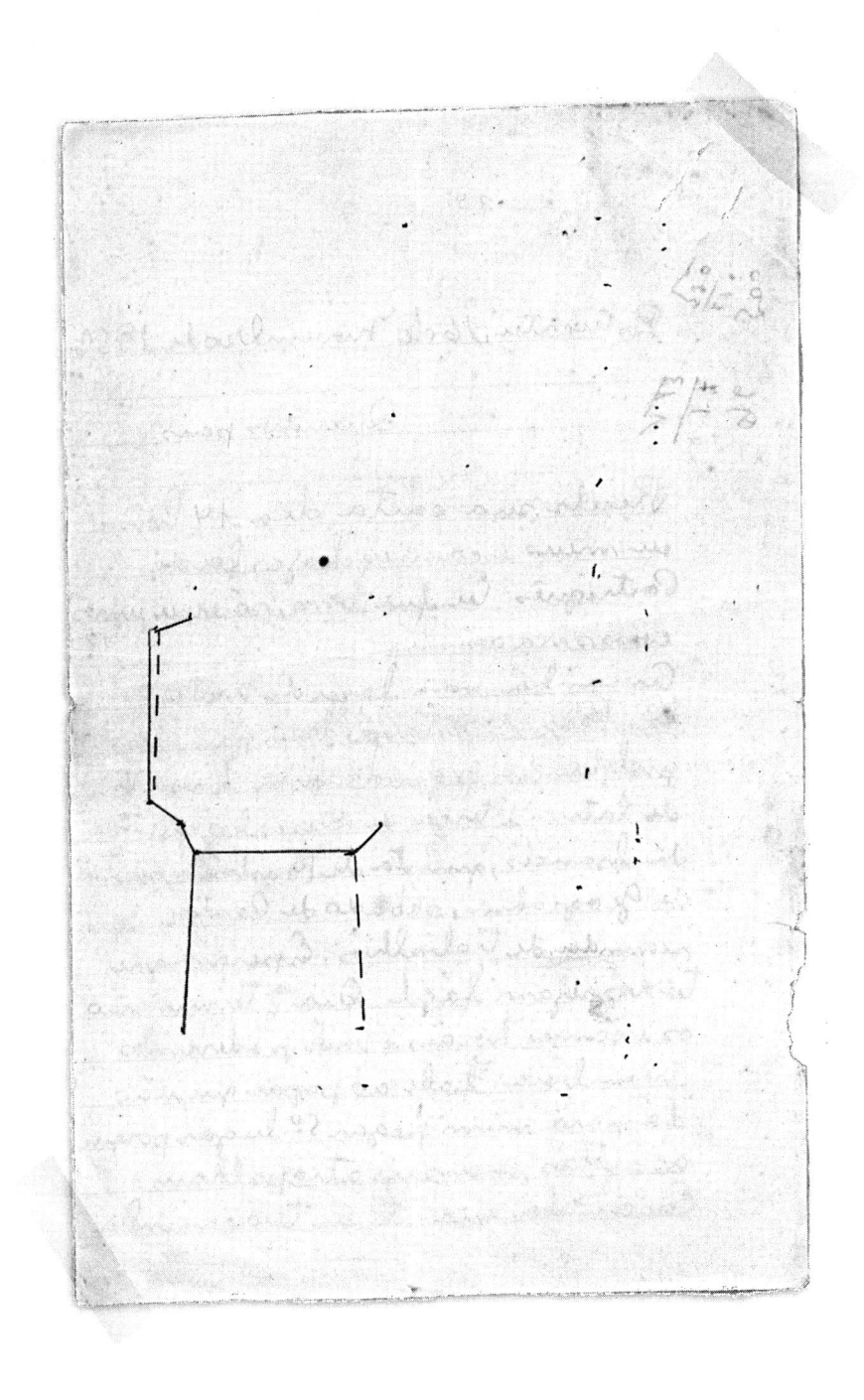

Botucatu, 27 de 11 [...]

Queridos p[...]

- O meu dedo está bem
melhor. Não tem perig[o]
nenhum. Eu já sei d[...]
que eu vou. Nos vamo[s]
no trem das 5,30 dia[s]
7 a tarde. Eu tirei 10 em
Canto. Caiu ditado de
solfejos no 3º espaço da
pauta e 5 perguntas.
Hoje eu terminei meus
exames. Fiz hoje de religiã[o]
Espero 9 ou 8.
Mande **300**,00 para a
viajem. Está faltando só
10 dias po[...] os irmos
embora [...] o dinhei-
ro n[...] andar

em papel separado demora muito.
Pedi 300,00 porque uma passagem de trem é 100,00, de Manduri a Piraju 30,00 de trem. Eu o carro de Piraju a Fartura um 100,00 e mais um pouco a cada um. Para eu comprar não sobra nada. Vou tirar o gesso dia 13 aí em Fartura.
Como vão todos aí. A vovó Ida já foi para S. Paulo.
Como não tenho mais nada a dizer termino lhe esta enviando um abraço
           Luiz Carlos
P.S. Responda e mande o dinheiro logo.
Mande também uma ordem

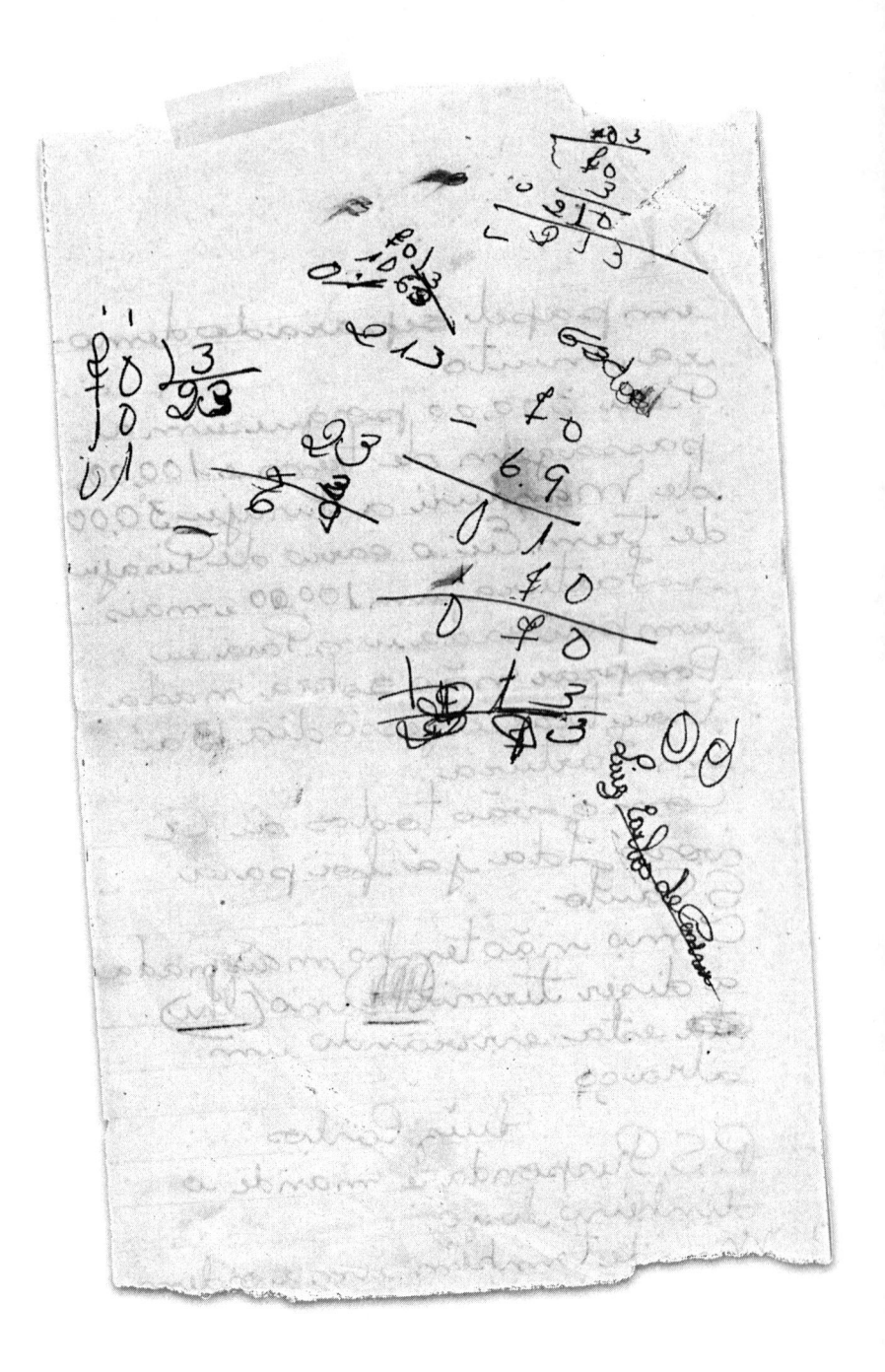

[BOTUCATU, 27 DE NOVEMBRO DE 1956]

Queridos pais,

O meu dedo está bem melhor. Não tem perigo nenhum. Eu já sei do que eu vou. Nós vamos no trem das 5h30 dia 7 à tarde. Eu tirei 10 em Canto. Caiu ditado de Solfejos no 3º espaço da pauta e 5 perguntas. Hoje eu terminei meus exames. Fiz hoje de Religião. Espero 9 ou 8. Mande 300,00 para a viagem. Estão faltando só 10 dias para irmos embora. Responda e mande o dinheiro logo. [Documento corroído] Mande também uma ordem, em papel separado demora muito.

Pedi 300,00 porque uma passagem de trem é 100,00, de Manduri a Piraju 30,00 de trem. E o carro de Piraju a Fartura uns 100,00 e mais um pouco cada um. Para eu comprar não sobra nada. Vou tirar o gesso dia 13 aí em Fartura.

Como vão todos aí? A vovó Ida já foi para S. Paulo? Como não tenho mais nada a dizer termino-lhes esta enviando um abraço,

Luiz Carlos

P.S. Responda e mande o dinheiro logo. Mande também uma ordem [Documento corroído]

Botucatu, 8 de maio de 1957

      Queridos pais

Escrevo-lhe esta para falar a respeito do dia das mães. Se Deus quiser domingo farei uma comunhão para a senhora.
Comunguei desde o dia 1º até o dia 6. Vou confessar sábado.
Estive domingo com a tia Faria. Almoçei na casa do Sr. João Mendes Carneiro. Sábado ela vem a reunião.
A blusa xadrezada enroscou num arame e raspou um pouco na manga. Costurando não da para perceber.
Como vai o Luiz Artur e os outros? O Luiz Antônio ainda pergunta de mim?
Sábado terá saída mensal para casa. Os que moram perto vão passar o domingo junto de suas mães. A minha média o mês passado deu 6.5. Aqui está cada vez piorando mais. Nos recreios não tem nada que fazer.

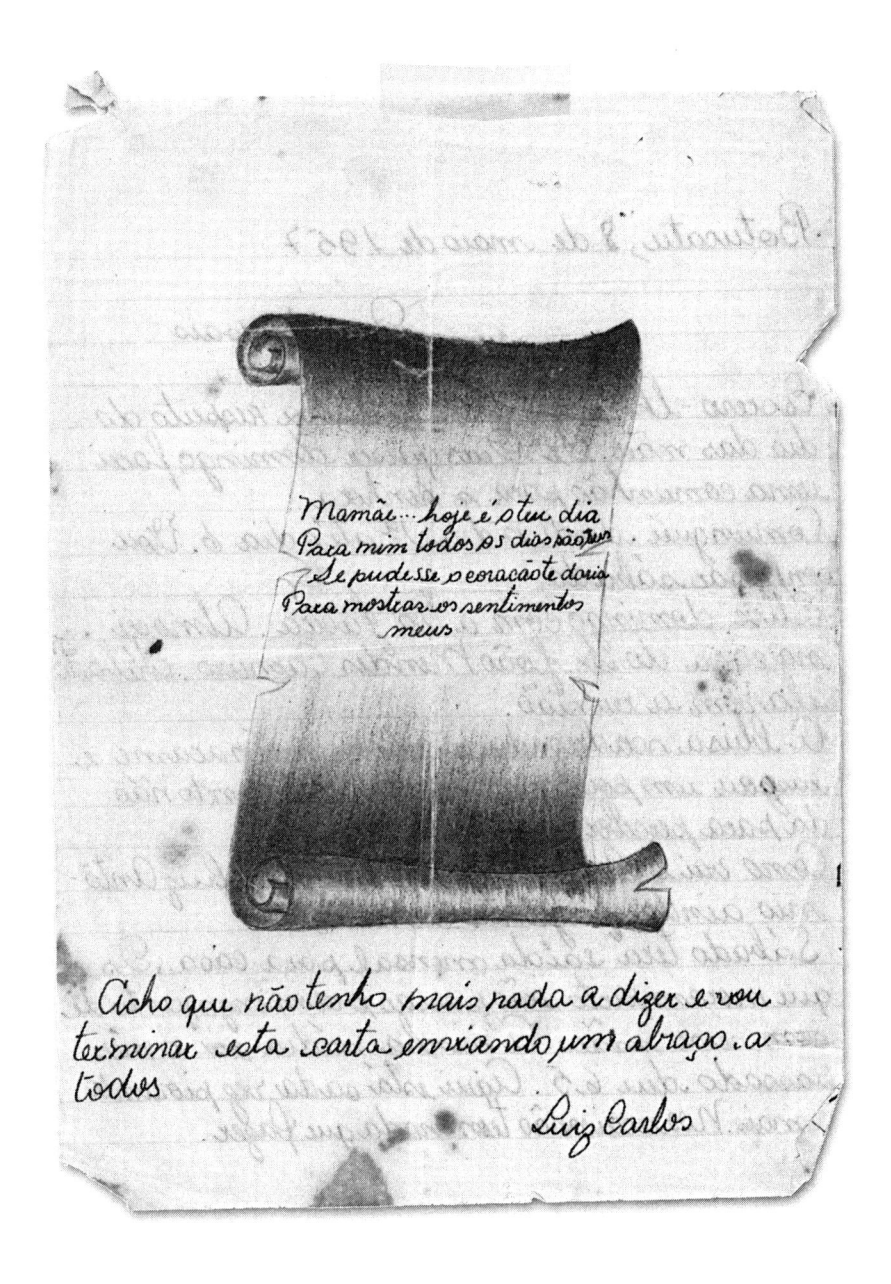

Mamãe... hoje é o teu dia
Para mim todos os dias são teus
Se pudesse o coração te doaria
Para mostrar os sentimentos
meus

Acho que não tenho mais nada a dizer e vou terminar esta carta enviando um abraço a todos

Luiz Carlos

[BOTUCATU, 8 DE MAIO DE 1957]

Queridos pais,

Escrevo-lhes esta para falar a respeito do dia das mães. Se Deus quiser domingo farei uma comunhão para a senhora. Comunguei desde o dia 1º até o dia 6. Vou confessar sábado. Estive domingo com a tia Jacira. Almocei na casa do Sr. João Mendes Carneiro. Sábado ela vem à reunião. A blusa xadrezada enroscou num arame e rasgou um pouco na manga. Costurando não dá para perceber. Como vão o Luiz Arthur e os outros? O Luiz Antônio ainda pergunta de mim? Sábado terá saída mensal para casa. Os que moram perto irão passar o domingo junto de suas mães. A minha média o mês passado deu 6,5. Aqui está cada vez piorando mais. Nos recreios não tem nada para fazer.

Mamãe... hoje é o teu dia. Para mim, todos os dias são teus. Se pudesse, o coração te daria para mostrar os sentimentos meus.

Acho que não tenho mais nada a dizer e vou terminar esta carta enviando um abraço a todos,

Luiz Carlos

COLÉGIO ARQUIDIOCESANO DE SÃO PAULO

São Paulo
1959-1960

São Paulo, 8 de agôsto de 1.959

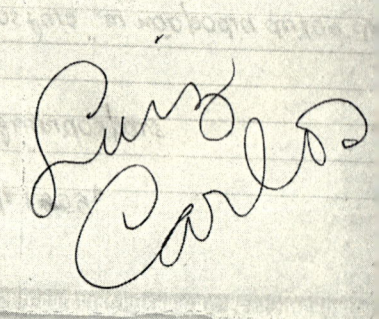

Queridos pais

Saudações

Como amanhã é "Dia dos Pais" eu não podia deixar de enviar um abraço ao papai felicitando-o.
Esta semana demorou mais que o primeiro semestre para passar. Os primeiros dias eram insuportáveis. Eu tinha vontade de voltar para Fartura. Mas isto tudo passou e eu já me acostumei novamente.
A mamãe foi bem de viagem? Espero que não tinha acontecido o que aconteceu na minha viagem. E a Maria do Carmo não chorou para ficar?
Aí deve estar movimentado. A tia Anunciata como o tio Idorico não foram com a vovó Ida.
O professor de Matemática já deu sabatina logo no dia 4. Eu tirei 4 mas dois dias depois êle deu outra e eu tirei 10. Pode-se ver que Matemática já não é mais um problema para mim.
Aqui em São Paulo está fazendo muito frio. Hoje não está muito frio mas o céu está completamente coberto pelas nuvens. É um tempo muito chato.

Luiz Carlos

[SÃO PAULO, 8 DE AGOSTO DE 1959]

Queridos pais,

Saudações. Como amanhã é "Dia dos Pais", eu não podia deixar de enviar um abraço ao papai felicitando-o. Esta semana demorou mais que o primeiro semestre para passar. Os primeiros dias eram insuportáveis. Eu tinha vontade de voltar para Fartura. Mas isto tudo passou e eu já me acostumei novamente. A mamãe foi bem de viagem? Espero que não tenha acontecido o que aconteceu na minha viagem. E a Maria do Carmo não chorou para ficar? Aí deve estar movimentado. A tia Anunciata com o tio Odorico não foram com a vovó Ida. O professor de Matemática já deu sabatina logo no dia 4. Eu tirei 4, mas dois dias depois ele deu outra e eu tirei 10. Pode-se ver que Matemática já não é mais um problema para mim. Aqui em São Paulo está fazendo muito frio. Hoje não está muito frio mas o céu está completamente coberto pelas nuvens. É um tempo muito chato.

Luiz Carlos

São Paulo, 2 de maio de 1.960

Queridos pais

Sendo domingo próximo o "Dia das mães" eu tenho por obrigação enviar a mamãe alguma coisa que lhe proporcione satisfação. Não vou dirigir algumas palavras porque acho que minha capacidade não dá para exprimir o que sinto. Então, envio-lhe muitos abraços e beijos e como presente prometo sinceramente que cumprirei a minha obrigação aqui em São Paulo do melhor modo possível.

Desde que comecei a compreender melhor as coisas ainda não tive o prazer de passar o "Dia das mães" com minha mãe.

Acho que já expliquei o do melhor modo possível e agora vou entrar em outros assuntos.

Graças a Deus êste mês fui muito bem de notas. Logo chegará o boletim aí e vocês poderão tirar suas conclusões a respeito. No fim do mês passado eu tinha sabatinas quase todos os dias e já estava ficando meio louco. O científico é mais difícil do que eu esperava. Este mês prometo melhorar mais e assim por diante.

COLÉGIO ARQUIDIOCESANO DE SÃO PAULO
RUA DOMINGOS DE MORAIS, 2565
TEL. 70-1760
CURSOS - PRIMARIO - GINASIAL - COLEGIAL - INTERNATO E SEMI INTERNATO

De saúde eu também estou muito bem. Só estou ruim de "bôlso". Estou sem nenhum tostão furado. O que eu economizei gastei não em aquela viagem que fiz para Rio Preto. Estou passando só com o dinheiro que tiro sábado no Colégio. Por isso peço que mandem algum dinheiro porque a gente sempre precisa.

Segue junto com esta uma fotografia minha tirada no presídio de Rio Preto.

Pode falar para o papai desistir do fot. não tem nem graça mais.

Como vai a vovó Ida? Quando que ela vem para cá? Fale à ela que no dia 18 eu escreverei uma carta cumprimentando-a. Se não estou enganado ésse dia é aniversário dela.

Como vai o papai, os irmãos e o pessoal daí? Espero resposta logo pois já faz duas semanas que escrevi à vocês e até hoje nada de notícias daí.

E para terminar esta envio um abraço a todos.

Luís Carlos

[SÃO PAULO, 2 DE MAIO DE 1960]

Queridos pais,

Sendo domingo próximo o "Dia das Mães", eu tenho por obrigação enviar à mamãe alguma coisa que lhe proporcione satisfação. Não vou dirigir algumas palavras porque acho que minha capacidade não dá para exprimir o que sinto. Então, envio-lhe muitos abraços e beijos e como presente prometo sinceramente que cumprirei a minha obrigação aqui em São Paulo do melhor modo possível.

Desde que comecei a compreender melhor as coisas ainda não tive o prazer de passar o "Dias das mães" com minha mãe.

Acho que já expliquei do melhor modo possível e agora vou entrar em outros assuntos.

Graças a Deus este mês fui muito bem de notas. Logo chegará o boletim aí e vocês poderão tirar suas conclusões a respeito. No fim do mês passado eu tinha sabatinas quase todos os dias e já estava ficando meio louco. O científico é mais difícil do que eu esperava. Este mês prometo melhorar mais e assim por diante.

De saúde eu também estou muito bem. Só estou ruim de "bolso". Estou sem nenhum tostão furado. O que eu economizei gastei naquela viagem que fiz para Rio Preto. Estou passando só com o dinheiro que tiro sábado no colégio. Por isso peço que mandem algum dinheiro porque a gente sempre precisa.

Segue junto com esta uma fotografia minha tirada no presídio de Rio Preto[3].

Pode falar para o papai desistir do Lot. não tem nem graça mais.

Como vai a vovó Ida? Quando ela vem para cá? Fale a ela que no dia 18 eu escreverei uma carta cumprimentando-a. Se não estou enganado esse dia é aniversário dela.

Como vai o papai, os irmãos e o pessoal daí?

Espero resposta logo pois já faz duas semanas que escrevi a vocês e até hoje nada de notícias daí.

E para terminar esta envio um abraço a todos,

Luiz Carlos

---

3 Trata-se do antigo Instituto Penal Agrícola de São José do Rio Preto, onde o tio do autor das cartas (irmão de seu pai), Javert de Andrade, promotor de Justiça, era diretor. Morto em 1961, aos 42 anos, por um preso, dá nome ao atual Centro de Progressão Penitenciária "Dr. Javert de Andrade".

88 LUIZ CARLOS DE ANDRADE

REITOR
SALA CHAMPAGNAT
ARCOS DA VARANDA
SALÃO DE FESTAS
PÁTIO
CAPELA - EXTERIOR

DORMITÓRIO
CAPELA
CAMPO DE FUTEBOL
GRUTA DE N. S. DE LOURDES
DETALHE INTERNO

90   LUIZ CARLOS DE ANDRADE

Matriculado
em
19...56

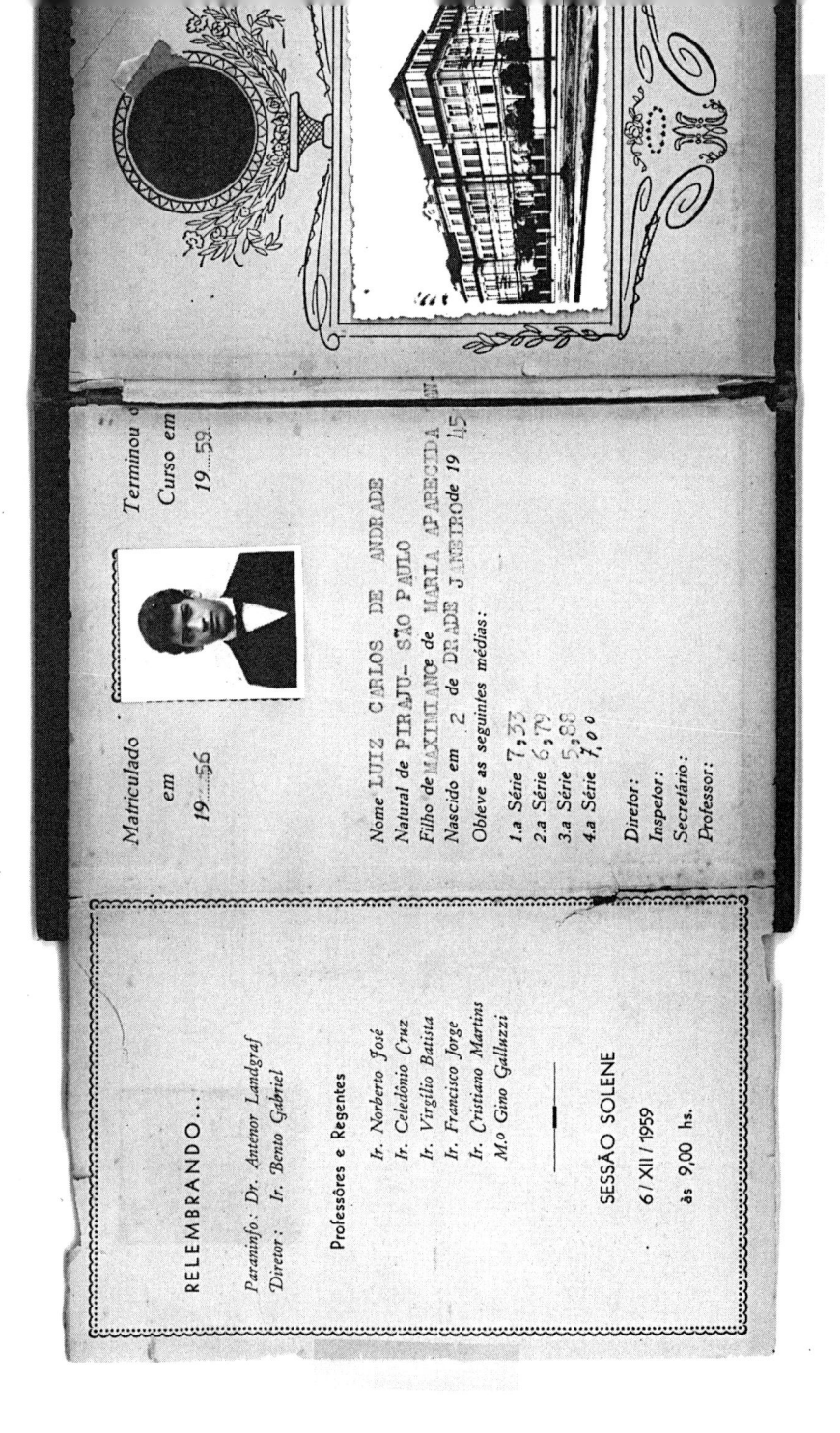

Terminou o
Curso em
19...59

Nome LUIZ CARLOS DE ANDRADE
Natural de PIRAJU- SÃO PAULO
Filho de MAXIMIANO de MARIA APARECIDA
Nascido em 2 de DRADE J NEIROde 19 45
Obteve as seguintes médias:

1.a Série 7,53
2.a Série 6,79
3.a Série 5,88
4.a Série 7,00

Diretor:
Inspetor:
Secretário:
Professor:

RELEMBRANDO...

Paraninfo : Dr. Antenor Landgraf
Diretor : Ir. Bento Gabriel

Professôres e Regentes

Ir. Norberto José
Ir. Celedônio Cruz
Ir. Virgílio Batista
Ir. Francisco Jorge
Ir. Cristiano Martins
M.o Gino Gallazzi

———

SESSÃO SOLENE
6 / XII / 1959
às 9,00 hs.

No detalhe,
autor das cartas.

92 LUIZ CARLOS DE ANDRADE

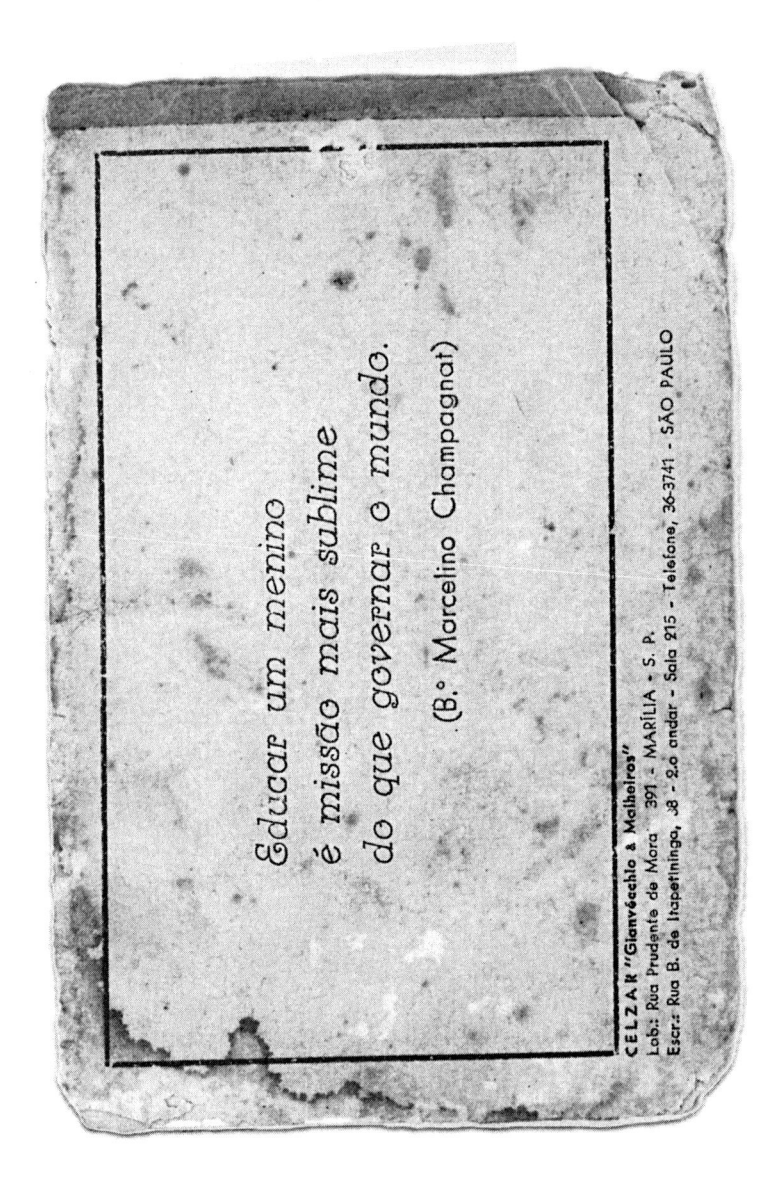

Educar um menino
é missão mais sublime
do que governar o mundo.

(B.º Marcelino Champagnat)

CELZAR "Gianvécchio & Malheiros"
Lab.: Rua Prudente de Mora, 391 - MARÍLIA - S. P.
Escr.: Rua B. de Itapetininga, 38 - 2.º andar - Sala 215 - Telefone, 36-3741 - SÃO PAULO

Na fileira de baixo, o autor é o quarto rapaz da direita para a esquerda.

4.a SÉRIE B

Adriano Marquez de Oliveira
Alvaro Athayde Arantes
Antônio Alvaro Simões de Souza
Antônio Borges Affonso
Antônio Caetano J. de Andrade
Antônio Cristiano Gomes Brega
Antônio Ivo Moreira Menge
Antônio Pompeo de Pina
Armando Mendes Trindade
Benjamin Lot Júnior
Carlos Eduardo M. Monteiro
David Casimiro Moreira
Durval Antônio Pinheiro Soares
Edmauro Pereira Santos
Edson Macedo Osternack
Fernando José Bello A. de Souza
Francisco Eduardo A. Gutiérrez
Frederico Filgueiras Pohl
Gilberto Jorge Atik
Gilberto Salgado
João Carlos de Lima
João Paulo M. Cruz Martins
José Antônio Barros Munhoz
José Carlos Polachini
José Carlos Rahme Moreira
José Jorge Ribeiro do Valle
José Nabuco Bastos de Andrade
José Ricardo Scaramuzza
Lincoln Ribeiro de Paiva Abreu
Luciano Carlos Christ
Luiz Antônio Azevedo Caselli
Luiz Carlos de Andrade
Manfredo Antonio da Costa Mott
Márc   tônio P:ulino   )sta
Mor   Mo ira
N   Castro un
              :ostantini
          Sé   Alves
     Pedr   ibeiro
       Per   Mattos
              enzini Villalva
              ntes
     Renato Sabino Carvalho
     Reynaldo Tedesco Petrone
     Silvio João Bassitt

Esta obra foi composta em Baskerville 12 pt e impressa em papel Pólen 80g/m² pela gráfica Color System.